U0806980

春天的码头

邵建华◎著

远方出版社

图书在版编目（CIP）数据

春天的码头 / 邵建华著. -- 呼和浩特 : 远方出版社，2023.10
ISBN 978-7-5555-1938-6

Ⅰ. ①春… Ⅱ. ①邵… Ⅲ. ①诗集－中国－当代
Ⅳ. ①I227

中国国家版本馆 CIP 数据核字(2023)第 201905 号

春天的码头
CHUNTIAN DE MATOU

著　　者	邵建华
责任编辑	奥丽雅
装帧设计	青年作家网
出版发行	远方出版社
社　　址	呼和浩特市乌兰察布东路 666 号　邮编 010010
电　　话	（0471）2236473 总编室　2236460 发行部
经　　销	新华书店
印　　刷	河北浩润印刷有限公司
开　　本	880 毫米×1230 毫米　1/32
字　　数	138 千
印　　张	6.5
版　　次	2023 年 10 月第 1 版
印　　次	2023 年 10 月第 1 次印刷
标准书号	ISBN 978-7-5555-1938-6
定　　价	58.00 元

如发现印装质量问题，请与出版社联系调换

序

年轻时就向往诗，现在还是。

年轻时就崇拜诗人，现在还是。

可我永远也成不了诗人，因为我是个粗线条的人，读书不多，脑子呆板，思维太迟钝，对感情也比较麻木，与诗人的要求格格不入，相距甚远。

我写的这些东西太浅、太白、太土，断断续续，长长短短，可能有诗的形式，但缺乏诗的内涵，所以，严格意义上也算不得诗，只是一些随想披了诗的外套。

我就像一个梦，因为天黑，慌不择路，走错了房间。

生活中，事情每天都在发生，人们每天都在经历，或多或少都有一些想法。这些想法平平淡淡、普普通通，也许没有什么特别的意义，也登不了大雅之堂。我把我的一些想法如实地记录下来，不是为了炫耀，也不是想证明什么，只是不想错过，不想浪费，别无他意。

诗是神圣的，我不敢亵渎。

在诗人眼里，这也算不上诗。所以，请别用诗人的标准来衡量，帽子太大，头又太小，真戴上了会被人笑话。充其量，我只是个爱好者，喜欢而已。

是为序。

（作者邵建华）

目　录

第一辑　岁月篇

岁月之磨…………………………………… 2

所有的风景不因有你…………………… 3

在时光里坐着或穿行…………………… 5

秋风的角色……………………………… 7

雪也是过客……………………………… 9

这世界上没有我………………………… 11

叶对根的情怀…………………………… 13

所有的遇见……………………………… 16

以生命为代价…………………………… 17

一见钟情………………………………… 19

对岁月的伤害…………………………… 21

悲喜交集………………………………… 22

不期而遇………………………………… 24

孤芳自赏………………………………… 25

为自己的无奈编造理由…………………… 26
为一场秋雨等一阵风…………………… 28
秋的后面不是冬…………………… 29
没有雪的冬天是荒凉的…………………… 31
花开就好，不问几许…………………… 33
辞旧迎新…………………… 35
我是岁月的一只行囊…………………… 37
青黄不接的季节…………………… 39
一滴水，无法决定河流的方向…………………… 40
像尘埃一样…………………… 42
境由心生…………………… 44
岁月的托付…………………… 46
雪的生存方式…………………… 48
雨终究会停…………………… 49
在黑暗中感知光亮…………………… 51
叶落时刻…………………… 53
走熟悉的路…………………… 55
欲望的轮回…………………… 57

永恒的意义………………………………… 58

最后的归宿………………………………… 59

种下信念…………………………………… 61

阳光照在林间……………………………… 62

相 信……………………………………… 63

为下个季节暖场…………………………… 64

岁月之锯…………………………………… 65

在地铁上…………………………………… 66

阳 光……………………………………… 67

有些花注定不会结果……………………… 68

日月的孤独………………………………… 70

静等花开…………………………………… 71

黎明之前…………………………………… 72

命 运……………………………………… 74

第二辑 人生篇

被风误的人生……………………………… 76

红绿灯…………………………………………………… 78
风干的苹果……………………………………………… 79
风　筝…………………………………………………… 80
花在盛开………………………………………………… 82
码　头…………………………………………………… 83
人生的站台……………………………………………… 84
谁是谁的影子…………………………………………… 86
生命的回馈……………………………………………… 88
曾经的约定……………………………………………… 90
熟透的果子……………………………………………… 91
我是一片树叶…………………………………………… 92
无法回头………………………………………………… 94
蓄谋已久………………………………………………… 95
一念之差………………………………………………… 97
学会简单………………………………………………… 98
我也是一只蚊子………………………………………… 100
旋转门…………………………………………………… 101
与已无关………………………………………………… 102

重新开始…………………………………… 103
不一样的风景………………………………… 105
坐在墙角…………………………………… 107
终是陌路…………………………………… 108
相依为命…………………………………… 110
信　念……………………………………… 112
自己的轨迹………………………………… 113
阴天的痛…………………………………… 115
生命是一艘船……………………………… 116
跳动的心…………………………………… 118
睡着，醒着………………………………… 119
流星划过…………………………………… 123
唤醒时光…………………………………… 124
活在网中…………………………………… 125
孤独是我的外衣…………………………… 127
补　偿……………………………………… 128
不再回来…………………………………… 129
守住平常…………………………………… 130

存在的价值…………………………… 132
单行道………………………………… 133
都在走的路…………………………… 134
在熟悉的世界里……………………… 136
留下来的，才属于自己……………… 137

第三辑　情感篇

成为它的一分子……………………… 140
把那份美好留在心底………………… 141
飞翔的样子…………………………… 142
隔着茫茫人海………………………… 143
心似渔网……………………………… 144
耐不住寂寞…………………………… 145
阳台里的世界………………………… 146
因为爱你……………………………… 147
铺路石………………………………… 148
思念不会枯萎………………………… 149

命中注定…………………………………… 150
阳光里的尘埃…………………………… 151
遗憾才是真相…………………………… 153
慰　藉…………………………………… 154
我是你的影子…………………………… 155
向往光明………………………………… 156
醉了路人，醒了流水…………………… 157
回到岸上………………………………… 158
海市蜃楼………………………………… 159
水无尽头………………………………… 160
窗外的树………………………………… 161
灯已经亮了……………………………… 162
最后一场雪……………………………… 163
赴　约…………………………………… 164
归　处…………………………………… 166
冬至已至………………………………… 167
独自诉说………………………………… 169
当我老了………………………………… 170

痴心不改…………………………………… 171
曾经的许多………………………………… 172
爱是我们的软肋…………………………… 173
把过去的留在过去………………………… 175
背　影……………………………………… 177
曾经的家园………………………………… 178
不辞而别…………………………………… 179
不再是彼此………………………………… 181
爱的样子…………………………………… 182
夜只是个背景……………………………… 183
太阳下山…………………………………… 185
在树下等你………………………………… 186
诗和远方…………………………………… 187
第一场雪…………………………………… 189
不知不觉…………………………………… 191
无　奈……………………………………… 192
隔海相望…………………………………… 193
在这如花的季节…………………………… 194

第一辑
岁月篇

岁月之磨

岁月，就像磨盘
从春到夏，从秋到冬
周而复始地转着
把我们投入的一切
大豆、麦子、玉米、高粱
还有爱情、尊严、荣誉和期待
统统变成粉，变成浆
我们的人生啊
只有在经历粉身碎骨的苦痛后
才会脱胎换骨
变成自己想要的模样

所有的风景不因有你

看过远方的山、远方的水
走得再远，终须回头
定要记得，你还是你
林中的晨曦，雨后的彩虹
皓月当空，清风徐来
所有的风景不因有你

这个世界
每天来许多人，走许多人
我们只是其中的一个
没有特别的不同
没有多少人在乎
或许无奈，或许精彩
都微不足道，我们远没有
自己想象的那么重要

南方花开，北国雪飘
世界不因我们而改变
我们向往的未来

也许是别人厌倦的昨天
我们总是一往情深
陷入自我期待中

一切
都是我们自己的选择
抛开那些所谓的执着
不纠结过去
以局外人的态度对自己
自然风轻云淡，万事从容

在时光里坐着或穿行

我住在城市的东边
附近有一些古墙，断断续续
我工作在城市的西边
附近有一条河流，蜿蜿蜒蜒
每个早晨或黄昏
我总像个候鸟，飞来飞去
没有人感觉到我的存在
其实我早就在这里，从记事起就在
或许更早，从祖辈开始
没有人给我提起这个城市的意义
我也很少到古城下
因为害怕危险
只是远远看着
所以一直不知这城墙
哪边是头，哪边是尾

闲暇的时候
我经常到河边
看流水漫过浅堤

进入更低的田野
听不到水流的声音
阳光像水一样清澈
泻在田间
浅浅的、慢慢的
习惯了这样的节奏
从没想过去改变

日子会逝去，生命也会
从一个空间到另一个空间
总是意犹未尽
在时光里坐着或穿行
会有一些沧桑、一些妩媚
也会有一些苦涩、一些甘甜
都无须在意
生活就是这样
祖祖辈辈，千百年
轮到我们也是如此
在喧嚣的岁月
找个僻静的角落
像自然一样从容
活着或死去

秋风的角色

只是偶尔来过
并非浪漫，也并非薄情
怎奈吹落了秋叶
吹凉了秋水
吹愁了秋雨
这样的过错，谁人堪
原本无意，只是偶尔路过
匆匆来，匆匆去
不想留下什么
却留下凄凉和感伤
不想带走什么
却带走遗憾和惆怅

其实我只是岁月的过客
和其他季节的风一样
平常而普通
人们却给了我更多的想象
许多悲欢离合
总要有所寄托

习惯了一直扮演这样的角色
不去解释，不再纠结
忘了自己，全身心地投入
所到之处，皆能如你所愿
为每个路过秋天的人
留下驻足的理由

雪也是过客

雪落地上
遮住了残枝败叶
也遮住了那些依然绿着的植物
它是温柔的，也是冷漠的
它以粗暴的方式
掩埋了先于它到达的时光
从来没有什么理由
人们或喜或悲的那个季节
已见不到丝毫的痕迹
大地白茫茫一片，干干净净
单调得让人平静，也让人悲怆
我们总是多情
给了它无数浪漫的想象
其实它和我们一样
都是岁月的过客
不同的是它更矫情
以致博得人们更多的垂怜
它是无辜的，不管怎样下
都不会改变芸芸众生的命运

对于草木，只是多了一些寒冷的刺激
对于人们，只是多了一些经历和回忆
它是单纯的，让人从不设防
或许一切
原非它的本意
此刻，风又吹起
天空依然阴霾

这世界上没有我

多少年前
世界上并没有我
因为我没来
多少年后
世界上也没有我
因为我已去
这个世界，我们来过
曾经的呐喊、挣扎
如微风掠过天际
什么也没留下
仿佛什么也没发生

江河千古，人生百年
所有的生命都只是昙花一现
把自己沉淀下来
抛弃所有的欲望
没有了爱，也没有了恨
成为山石、泥土和流水
是否就是永恒

世界虽大
没有生命的魂魄
再美的景致也是一片荒漠
每个生命都不多余
历史的长河
少了我们的投入
也会干涸
因为我们来过
也许坎坷、平淡，也许短暂
总会留下温情和希望
这就是活着的意义
时间会记录一切
不会遗漏片刻
因为向往，因为相信
我们把希冀寄托给世界
世界却把命运交给了我们

叶对根的情怀

又到了这个时候
原是收获的季节
我们却要分离
许多无奈，许多留恋
甚至许多挣扎
还是身不由己，一片片凋零
曾经的繁华成为过往
离开了你的怀抱
哪里是温暖的家园

生命苦短
愿你岁月漫长
也许隔路相望
也许天各一方
把最美好的时光留给你
也不枉相聚一场
最担心以后
寂寞时，谁来给你把歌唱
寒冷时，谁来给你穿衣裳

痛苦时，我该向谁诉衷肠

所有的付出，都是心甘情愿
不图有什么报偿
一切不舍和难忘，痛苦和彷徨
我来慢慢品尝

秋水长，秋风凉
叶落无声满地黄
一缕烟，随处游荡
一抔土，也是故乡
心无所属，此身何处可安放

莫道世事无常
天苍苍，总有星光指方向
野茫茫，总有道路通远方
路边的草，没有梦想
冬去春来，总能疯狂生长
墙角的花也不奢望
风里雨里，依旧自由绽放

于天地间行走

你的生命里
我只是个过客，来去匆匆
而你是我的全部
不知道下个季节
我会去向哪里
又会变成何等模样
请相信，我也有花草般的坚强
像头顶的白云、脚下的土壤
不离不弃地守望
你的幸福和安康

所有的遇见

天遇见地，便有了永恒
白遇见黑，便有了时间
冬遇见春，便有了岁月
阴遇见晴，便有了天气
世界很精彩，也很无奈

生遇见死，便有了命运
失遇见得，便有了拥有
恨遇见爱，便有了感情
悲遇见喜，便有了生活
人生很无奈，也很精彩

每天都在遇见
每天也都在分离
苦和乐，聚和散
总是互为因果，互为背影
交替着，相伴永久

以生命为代价

不知不觉，又一年过去
纵有再多感慨也枉然
时间不会等我们
我们也留不住时间
人这一辈子
名和利，痛苦和幸福
终离我们远去
而时间不会
从生到死，无论贫穷还是富贵
一直陪伴我们

在时间面前
我们是总也长不大的孩子
老在埋怨世道不公
老在虚度光阴
时间一如既往，慷慨而无私
给我们以机会、未来
无论我们走得多慢
心情有多不好

时间总不嫌弃
风里雨里，拽着我们往前走
从不放弃一人
也不图有什么回报

我们还没学会与时间好好相处
总觉得一切都是理所当然
老之将至才知道
我们所做的一切
都是以生命为代价
却自以为是，浑然不觉

时间有意，岁月无情
我们生在过去，活在现在
未来是后人的
别再奢望，也别找理由
把握好当下，让每一天都充盈起来
无论风和日丽，还是阴雨绵绵
都是最好的日子

一见钟情

起风了
于林中穿行，寻寻觅觅
一片叶子轻悠悠飘下
落在我的肩上
没早一刻，也没晚一刻
就在瞬间，不偏不倚
这样的一见钟情
让人受宠若惊
我相信这是缘分
是命运的安排
秋色无边
曾经渴望珍藏所有
而今，拥有这片叶子
就心满意足

叶落无声
秋天的心事
沧桑而又艳丽
浅浅的喜，淡淡的悲

灼灼的芳华，深深的告别
像一张光碟，刻录了我
对秋天的想象和向往
有了这样一叶请柬
从今往后
我无须等待，也不必期望
在我愿意的任何时候
都可以循着你纤细的叶脉
走向秋天的原野
唤醒每棵沉睡的树
不再凋零

对岁月的伤害

当你走进冬天
千万别犹豫
你的每次回头
都是对岁月的伤害
秋天的静美值得留恋
冬天的暖阳同样值得期待
时间不会等人
进退失据，患得患失
秋天回不去
冬天去不了
只能
在尘世的繁华中
踽踽独行

悲喜交集

都说风云莫测
天始终只有阴和晴两种状态
都说世事沧桑
人生始终只有悲和喜两个经历
人们总是
痛苦并快乐着，迷惘并清醒着
脆弱并坚强着，慌张并从容着
不是故作姿态，或强颜欢笑
而是天生如此

命运赐予我的
我孜孜以求的
总是南辕北辙
明明白白地活着
就是在哭时笑，在苦中乐
看淡并包容一切
在喧嚣的世界沉默
在无人的地方生长
该开花时开花

该枯萎时枯萎
无须用心去算计
也不必刻意选择和改变
不追悔往昔，不怀疑余生
自然地开始，自然地结束
一切随意，如世界万物
荣枯皆是，宠辱不惊

不期而遇

秋风未起
那片绿叶已然落下
随风而去，是否
就有了风的洒脱和自由
许多时候，我们总是生活在想象里
希望和失落，都是不期而遇
烦恼无根，所以到处生长
不会刻意选择季节
没有开始，也无所谓结束

孤芳自赏

再说许多，又有什么意义
我的内心已不再渴望
只是眼睛不甘寂寞
环顾四周，找不到视线落脚的地方
曾经向往的远方，到了才发现
也是一地无奈和沧桑
那些往事，曾经多么亲切
而今日渐疏远
多年没人打理
变得破旧不堪
再也拎不起来
我们就这样被遗忘
如一棵败草、一段枯枝
散落在田间地头

为自己的无奈编造理由

说看破的未必看破
说想开的未必想开
我们总是言不由衷
为自己的无奈编造理由

从天堂到地狱，只有一念之差
从生到死，只有一步之遥
看似小小的台阶
人们要终其一生，才能够跨越

我们总是
沉浸在自己的世界
以自己的逻辑
想象外面的世界

我们可以预测天气
却不能改变天气
我们可以规划生活
选择自己喜欢的活法

却无法定义生活
生活这道难题
永远没有标准答案
真看透也就失去了意义

痛苦与生俱来
并将陪伴我们一生
再多的挣扎，也无法解脱
我们只有转移注意力
在时间的长河里
让它慢慢淡化

惊涛骇浪后
桅杆上有自在栖息的飞鸟
狂风骤雨后
田野里有肆意绽放的花朵
历尽沧桑后
脸上会发出由衷的微笑
只要你不放弃

为一场秋雨等一阵风

岁月在走
我也在走
只是走得慢些
因为有所牵挂
岁月在变老
我也在变老
只是老得快些
因为有所期待
为一场秋雨等一阵风
为一场酣梦等一个人
瞻前顾后，走走停停
错过了风花雪月和赶路的时光
曲终人散，只有我一个人
在寂静的岸上
独自离去

秋的后面不是冬

（一）

还没好好感受
秋已渐行渐远
总有点遗憾
有些惆怅和不舍
你错过的
或许只是一场秋雨
不会是整个季节
或许只是一段时光
不会是整个岁月
秋的后面不是冬
是另一个秋

（二）

淋过秋天的雨
我更加相信
许多事情
我们始终无法改变
譬如这场秋雨

我们再自作多情
它也和其他季节的雨一样
没有什么特别
只是落下的时间不同
我们能做的
就是像秋叶一般
绿时灿烂，黄时从容
走自己的路，在不同的时光
绽放不同的颜色，散发不同的芬芳

没有雪的冬天是荒凉的

冬至已至
白昼变长，夜晚变短
最寒冷的日子即将到来
留给我们做梦的时间越来越少
用什么去温暖岁月
是一杯热茶
还是一壶烈酒
是一首古诗
还是一段过往
这个季节，最不能错过的
莫过于一场雪
没有雪的冬天是荒凉的
在雪没有降临之前
所有关于冬天的故事都苍白无力
一直期待，有一场想象中的大雪
铺天盖地而来
我们以雪为桥
连起一条路和另一条路
连起一座村庄和另一座村庄

不再山高路远
我们以雪为媒
拥抱一段情怀
拥抱一个人
不再各自天涯
天地苍茫，时空融为一体
我们不再漂泊
也不再孤单和寂寞
在雪的怀抱里，安然睡去

花开就好，不问几许

新年的第一天
是在黑暗中到达的
当我们醒来时
阳光已准备好一切

在岁月面前
我们只是暂坐的客人
有时忘了身份
想着喧宾夺主
岁月总是不卑不亢
在波澜不惊中，一直向前
从不在乎什么告别和仪式

听从岁月的安排
在什么时间就做什么事
珍惜遇见的一切
风来就好，不问几时
花开就好，不问几许
沉默是最好的怀念和陪伴

春天，走了又来了
我们，来了又走了
用不着思量
告别意味着结束
岁月不会老去
我们的人生还在继续
远没到告别的时候
所以，别说再见

辞旧迎新

过了今天，又有明天
这叫日子
今晚醉了，明朝醒了
这叫生活
有人诞生，有人逝去
这叫生命
这边花开，那边飘雪
这叫命运
我们一辈子的风景
大抵如此

岁月总是不急不慢
走过了冬，迎来了春
人却总是慌里慌张
喜未过，忧又来
我们日夜兼程
忙着辞旧迎新

一年过去

再不舍，再不甘
也不会影响岁月的节奏
往事随风
未来如梦
能够健康、自在地活着
就是一年最好的收获
也是新年最好的期盼
只有活着，一切才有可能

我是岁月的一只行囊

南行或北往，都如所愿
在这个角落里
待得太久，全身布满灰尘
记不清上次出发是什么时候
习惯了走在路上
或快或慢，或轻或重
风雨无阻的感觉，喧嚣的氛围
充实而平常，快乐而有意义

屋子里
时而有些亮光
没有丝毫激情
倾听那些脚步声
由远及近，由近及远
犹豫而彷徨
每次怦然心动，又怅然若失
曾经的招摇过市，曾想带走的所有
是否一如既往

我是岁月的一只行囊
却总是贪心
想把一切据为己有
一切过去都不会重来
一切现在都是新的开始
把自己清空
干干净净地等待
相信下一次出发
会有更好的理由

青黄不接的季节

青黄不接
这是个尴尬的季节
陪伴我们的
除了期待中的美好
更多的是，秋风秋雨

透过时间的裂缝
见证一段时空
交接另一段时空
没有仪式，没有观众

夜渐渐变长
天慢慢变凉
喧嚣了一个季节，终归平淡
习惯了重逢和告别
于从容中，开始又一段旅程

一滴水，无法决定河流的方向

风吹的时候
不会问你冷不冷
叶落的时候
不会问你喜不喜
世事的变化
从来如此
不会征求你的意见

岁月并非无情
只是习惯了以自己的方式
来保护自己和这个世界
你高兴时
阳光为你灿烂
鲜花为你盛开
你痛苦时
天空为你流泪
草木为你枯萎
还有什么理由抱怨

一滴水，无法决定河流的方向
只有融入其中，休戚与共
才会有大海般的胸怀和力量
把有限的时光
投入无尽的世界
唯有如此
我们才不负岁月
也不负自己

像尘埃一样

古城墙，斑斑驳驳
刻录了岁月的沧桑
依然初心不改
保护着身后的一草一木

从小路深处走来
熟悉了城市的大街小巷
却迷失在十字路口
找不到方向
只有闭上眼睛
回忆来时的路
凭声音的回响
在时空的隧道里找到位置
只有背对璀璨星河
在万家灯火里
寻找属于自己的那盏灯

本来就是一个过客
像尘埃一样

偶然被吹进城墙的缝隙
有了归宿
还有幸长出了草
成为一道风景

平心走路
无意问景
你想要的和不想要的
都会接踵而至
许多改变
都在不经意间
可遇而不可求

境由心生

有时会羡慕坐在车里的人
雨淋不着，风吹不着
其实走在路上
也有不经意的美
蓝天属于你
阳光属于你
只要懂得欣赏
你所路过的
都是难得的风景
重要的是可以随意选择
走快或走慢，多看或不看
没有人会强迫你

谁的天空都一样
有时晴朗，有时风雨
岁月不会偏袒任何人
在我们羡慕别人时
别人或许也在羡慕我们
我们总在自己的世界里

想象别人的世界
互为背景，忘了自我
境由心生
心若光明
就算在荒凉的戈壁
也能走出繁华

岁月的托付

天无风也无雨
叶子还是坠落
是不是所有的相聚
都是这样的结局

岁月无语
秋意阑珊背后
掩藏了多少辛酸、苦痛和无奈
又萌发了多少欲望和冲动
所有的过往
无法被复制
所有的经历
不会被替代

万物生长
春托付夏
秋又托付冬
没有一段时光会被错过
人生苦短

爱恨交加

悲喜交集

没有一段感情会被辜负

秋风吹落的

春风里又会重生

风本无意

一切随缘

雪的生存方式

早就知道
那是最后的结果
所以对天空的挽留毫不在意
自由发泄过后
也许荣耀，也许平凡
回归生命的本色
从最初出发的地方
换一种方式生存
融入田野与河流
你不再是你
少了浪漫和脆弱
多了厚重与坚强
于无声处
孕育自然万物
使每一个时刻鲜活起来
你还是你
失去的，只是瞬间
留下的，却是永恒

雨终究会停

雨终究会停
风还会再来
与季节没有关系
许多事情，无法逃避
许多时候，没有选择

人生的担子
悲与喜，生与死
一前一后，看似总在争斗
更多时候却是结伴而行

水滴落到地上
会发出声响
人在绝望时
也能迸发无穷的力量

所谓捷径
都是最难走的路
所谓奇迹

都是平凡中的坚持
所有成功
灿烂的背面
是辛酸和伤痛
春天和它的畅想
总是在寒冷的冰雪之下
萌发

在黑暗中感知光亮

夜色如水，漫过窗台
进入房间的每一个角落
在黑暗中感知光亮
在寒冷中体会温暖
倾听天籁
血的流动，心的跳跃
呼吸着，如鱼一般自由

在黑暗中行走
从一面墙到另一面墙
从一个门口到另一个门口
感知着每一个过往
顺着道走，总不会迷失方向

不计较何时
就无所谓过去和将来
不去想何地
就无所谓彼此
只有在夜里

那些所谓的理由
才会野蛮地生长

黑夜无边
容不下我的迷茫
深不见底的，是我的心
只有这小小的屋子
能安放我的整个夜晚
不至于无依无靠

叶落时刻

命中注定
到了这个时刻，终须离别
爱和被爱，总要付出代价
往后的日子
天更凉，夜更长
请别关上你的窗
走得再远，山高水长
我也会风雨兼程
回到你的梦乡

不用解释，也无须感伤
年年今朝都是这样
繁花落尽
用生命感悟和铭记
那相依为命的时光
不再去告别
自然会有另一个梦想
和向往的远方，不负约定
在冬天的田野积淀力量

默默生长
成为这个季节特有的风景
化作一场雪，纷纷扬扬
为来年的春天暖场
再相聚时，还是老地方
你我还是想象中的模样

走熟悉的路

秋天的花依旧开着
在岁月的瓶里，生机盎然
窗外，飘着漫天大雪
它有些尴尬，手足无措
我也是这样，总是恋旧
冬天到了，还穿着夏天的衣裳
在这个房间待久了
不愿走出门去
我知道，一旦跨出这个门槛
可能就是另一个季节
原来的一切
现在的一切
都会消失殆尽

人生路远
过去和未来
哪个更能抚慰人心
许多时候，人们总是不由自主
走熟悉的路

不去考虑有没有风景
正如现在
能够温暖麦苗的
只有先前掩埋它的土
还有正在掩盖它的雪
春天或许并不遥远
却总有许多意外不期而遇
使你无从准备

欲望的轮回

在有水的地方
欲望破土而出
长成草，长成树
风吹叶动，是喜是悲

在城市的大街小巷
来来回回，寻寻觅觅
不知不觉
成为别人的诗和远方

岁月流淌
此岸和彼岸模糊不清
时而重叠，时而分开
总有残枝败叶，随波逐流

担心失去
所以总在失去
于不经意间一无所有
开始下一个轮回

永恒的意义

白天是暂时的
黑夜是暂时的
它们的结合孕育了岁月
岁月是永恒的

生是偶然的
死是必然的
它们的结合孕育了人生
人生是有限的

痛苦是一时的
幸福是一生的
它们的结合孕育了生活
生活是残缺的

因为残缺，因为有限
所以有爱、有恨
没有生命的悲欢离合
永恒也就失去了意义

最后的归宿

我曾背着行囊，四处漂泊
从一个地方到另一个地方
分不清哪里是最熟悉的
每到一个地方
我总是倾情投入
迎着风，迎着雨
洒下汗水甚至泪水
我离开的时候
谁会感觉少了一人

一路走来
一边捡，一边丢
最初的梦想
已不知遗落何方
只剩下满脸沧桑
秋天到了，树叶黄了
我不愿再这样奔波
可又不知明天会怎样

把落叶装进行囊
写上我的愿望
送给遇见的每个人
却没有人指点方向
只有风告诉我
在这个世界上
没有远方
也没有故乡
你向往哪里
哪里就是你回去的地方

种下信念

我是路边的一棵草
有点阳光就灿烂
从不在乎环境
我是崖上的一朵花
盛开或枯萎都是自己的选择
无须被人怜悯
我是山顶的一缕阳光
就算坠落谷底
也会努力绽放
我是江河的一滴水
有流动的激情
无须刻意选择归途和方向
播下一粒种子
大地不会改变容颜
种下一个信念
总会激起或多或少的回响

阳光照在林间

林子的后面是河
河的后面还是林子
秋天在水面缓缓流淌
天高云淡，只有落叶
在风中翩翩起舞
悲凉而又热烈，生命
总在秋天死亡，在冬天孕育

阳光如故
照在林间，也照在河面
时间顺流而下
人生逆流而上
没有最好的开始
也没有最坏的结果
未来已来，无论阴晴
自然是新的颜色

相　信

像阳光一样无私
无论尊卑，都给予温暖
像道路一样执着
无论曲直，总是通向远方

跟着心走，相信自己的选择
春暖花开，不一定在春天
海阔天空，也不一定在海边

天注定会下雨
总有人会被淋
我们要做的
就是筑牢堤坝
不让雨水淹没心房

为下个季节暖场

（一）

冬天刚来，秋天已被遗忘

那些落叶，只有随风流浪

也许只有成为一棵树

才会明白叶子的自由和无奈

（二）

落叶，在风中起舞

牺牲自己的生命

为下个季节暖场

曾经的默默无闻

已成为世间最亮丽的风景

岁月之锯

岁月是一把锯
反复拉扯着
把时光锯成一截一截
长的是过去
短的是现在
参差不齐的是将来
而我们
在吱吱嘎嘎的叹息中
或痛苦，或欢喜
零落成泥

在地铁上

也许肩并肩
也许面对面
感受着彼此的气息
却远隔千山万水
从一站到另一站
总有人下，也总有人上
寂寞无处可藏
你的存在没人在意
如同一杯茶
喝了续，续了喝
渐渐归于平淡
那些声音，那些颜色
总是模糊不清
相互陌生又依靠着
时而清醒又麻木着
一起迷茫，一起向前
在无动于衷的等待里
各奔东西

阳　光

（一）

喜欢阳光
不只是因为温暖
而是能看到
自己的影子

（二）

黑夜
无边无际
其实它只是
阳光的一声叹息

（三）

阳光落在门口
一动不动，像一个尽职的守卫
于是，我不再担心
这座房子，会有寒冷进来

有些花注定不会结果

许多事情，早已有了结果
只是我们不愿明说
小路弯弯
通向繁华
也通向荒芜
我们有无数机会
为什么选择在这里停留

总是向往下一刻
有更多的收获和惊喜
全然不觉，得到的同时也失去了
现实永远比想象单薄
继续等待或前行
不是因为希望
更多的是纠结和无奈

有些花注定不会结果
有些树注定不会长大
有些人注定渐行渐远

有些事注定是枉然
开始就是结束
有时我们不信，总想证明
往往不了了之
能够擦肩而过
是多么大的缘分
能够回眸
更是一种奢望

日月的孤独

（一）

世上最孤独的

莫过于日月

永远万众瞩目

始终形单影只

纵有至死不渝的情缘

也只能

隔空相望

（二）

落日余晖下

你的身影越来越长

近的在脚下

远的已到天的尽头

与明天的晨曦

隔空相望

静等花开

（一）

站在秋天的树下
看落英缤纷
群芳谢尽
谁比谁更憔悴

（二）

在无边的绿色里
或许，成为一棵草
是个不错的选择

黎明之前

（一）

黎明到来前
天总是黑的

（二）

黑暗
注定是灯光
最忠实的陪伴
人来了
总要离去
黑暗永远不会

（三）

谁见过凌晨三四点的太阳
长什么模样
许多事物
我们不在意
却远隔千山万水
守护着我们

因为相信，所以忽视
不再计较每次相见
是重逢
还是别离

命 运

夜
太暗
一些梦
看不清路
走错了房间

第二辑
人生篇

被风误的人生

风，在岁月里穿行
穿过繁华，也穿过荒芜
穿过喧嚣，也穿过孤寂
我们每一次相逢
早晨或黄昏，晴天或阴天
从来没有约定，都是随缘

从未想过
风因何而来
又因何而去
甚至记不起来
风是什么模样
我们却依旧执着
为一段情，或一个人
苦苦守候，只等风来

像冬对春一样
我们总是一往情深
风总是漫不经心

不为谁停留，也不为谁伤神
被风吹开的，又被风吹落
我们草木一般的人生
只能在自己的期盼里，撒落一地

风一如既往
不会刻意改变
岁月的选择就是它的方向
走无穷路，始终不离不弃
阅无数景，依旧宠辱不惊
我们偶尔路过这个世界
最苦的痛，也只是岁月的一粒尘埃
沧桑过去，能否像风一样
只有远方

红绿灯

没看过总是向往
去过了总是遗憾
习惯了，在一段时光里怀念另一段时光
车来了上车，到站了下车

一些想法总在路上
一些目标总是无法到达
习惯了，从一个地方到另一个地方
红灯停，绿灯行

风干的苹果

我的手掌上，躺着一只苹果
一只风干的苹果
皱皱巴巴，没有一丝温润
有的只是凄凉

曾经的你，多么鲜艳
为什么变成现在的模样
失去了甘甜和清香
怎能不被人遗忘

我把所有的向往都给了过去
最后的结果还是这样
在最美好的季节相遇
为什么不曾彼此欣赏

岁月无语，唯有情伤
在老去的时光里
我也是一只风干的苹果
挂在岁月的枝头上，摇摇欲坠

风　筝

飞得多远，终须回来
你温暖的手掌
既是开始，更是归宿
在我的身上
寄托了你年少时的欢笑
和一段无忧无虑的时光
我是幸运的

你对我百般呵护
不让我受半点伤害
有时我甚至嫉妒，你爱我
还是爱你自己和你的自由
是放飞我，还是放飞你的人生、你的梦想

我生就属于天空
不只为看见更多的风景和更大的世界
因为只有在那里
我才能自由地飞翔
绽放生命的精彩

离开了天空
我只是你的一个念想
徒有美丽的躯壳
没有尊严，没有灵魂
缓慢而痛苦地
等待死亡，或者被人遗忘

我的生命或许会很长
真正感觉活着，只在放飞的日子
也许只是片刻，只在起落之间
但爱我所爱
哪怕伤痕累累
也无怨无悔

花在盛开

花在盛开，人在老去
每天都在路过
河依然是那条河
水却不是那片水

永远无法知道
明天和不幸，哪个先到
但也许，它们正在来的路上
谁都难以预料
以怎样的方式离开这个世界
是痛苦的、欢愉的，还是默默的
但肯定，人们正在去的路上

总是身不由己
总是一路向前
山一程，水一程
喜一阵，悲一阵
既是过往，也是序曲

码　头

岁月是一条长河
没有头也没有尾
千帆过尽，热闹依旧
人生的全部旅程
只是从一个码头到另一个码头
无论早来还是晚到
总有一艘船
停在那里
等你

人生的站台

岁月的列车
没有始发站，也没有终点站
每个人都是乘客
出生时上车，死亡后下车
每个站台都熙熙攘攘
有许多人上，又有许多人下

一路走来，掠过四季的风雨
岁月，也无寂寞也无愁
只是我，总贪图路边的风景
忘了置身何处，忘了去向哪里
看过太多的生离死别
我已经麻木
只是偶尔在别人下车时
打听一下站名

岁月不会停留
也不会挽留谁
就算再不情愿

我总要下车
到了那个时刻
我能留下什么
只有把自己的身体
和对这个世界的牵挂
化作一抔土，留在经过的地方
期待长出一些花、一些草
也许微不足道
也许一厢情愿
总有后来者路过
能够看到

谁是谁的影子

如果没有黑暗
光明有什么意义
如果没有失败
成功有什么意义
如果没有痛苦
幸福有什么意义
如果没有死亡
活着有什么意义

日出和日落，月圆和月缺
天晴和天阴，花开和花谢
总是形影不离
没有什么误会
有的是命中注定
曾经发生的
现在经历的
哪里是开始，哪里是结束
一缕晨曦，一抹晚霞
冷漠了谁的影子

又温暖了谁的归宿

许多事情，总是不期而遇
由不得选择，也无法逃避
所愿或不愿，都必须承受
有了喜怒哀乐
才是真实的生活
少了这份滋养
活着就没有念想和动力
在平凡的世界
过平常的日子
不会有尽头

生命的回馈

人来到世上
要经历许多磨难
上天给了我们一次机会
我们总要尽一份责任
把自己的事做好
哪怕普普通通，也会有价值
这也是对生命的回馈

人活着不容易
别困惑于理由
也不要迷惘于命运的安排
风吹和雨打，谁又能逃避
吃过苦，受过累
不侥幸，也不放弃
自然会有答案
有了责任，生命才有所附丽

心甘情愿地付出
每一滴汗水，每一段光阴，每一次感情

都无怨无悔
即使是痛着流泪
也要真真切切地体会，不浪费
生命中的所有过往，不会无缘无故
总有特别的意义
也许悟不透，但也别错过
珍惜所有的遇见或未见

我能走到今天，活到现在
靠的不仅是希望，更多的是失望
因为无奈，所以奋斗
因为痛苦，所以挣扎
最微弱的心跳
最低沉的呐喊
也许微不足道
不会影响世界
但总会改变自己
真要离开的时候
我才会有所交代
不是对别人
而是对自己
否则，何以瞑目

曾经的约定

在宇宙里
地球是孤独的
因为有人类
在地球上
人类是孤独的
因为有思想

一段时空，一生情缘
已经刻骨铭心
谁孕育了它，又毁灭了它
因为唯一，所以不幸
因为清醒，所以痛苦

白昼离去
黑色的帷幕后
多少往事纷至沓来
或娓娓道来，或撕心裂肺
你是否记得，那个曾经的约定

熟透的果子

果子熟透了
自然会落地
腐化成泥土
这是它的命运
用不着惋惜
因为在惘然时
你也正在老去
痛苦，甚至撕心裂肺
都是一时的
最可怕的，莫过于
你感觉不到的痛
顷刻间，使你一无所有
包括生命

我是一片树叶

我觉得，痛苦是块岩石
躺在冰冷苦涩的海水里
任凭风吹浪打
尽管遍体鳞伤
依然一动不动地守在那里

我觉得，孤独是座时钟
昼夜不停地转着
没有起点，也没有终点
直到累得筋疲力尽
再也发不出任何声响

我觉得，思念是段枯枝
被人遗忘在路上
在不经意间
磕破你的脚趾
流出殷红的血

我觉得，希望是团火

时而清醒
给万物以无私的温暖
时而糊涂
把你和周围的一切烧成灰烬

有时候我觉得
自己就是一片树叶
在季节的变化中
从绿到黄，苦心地经营自己
在勃勃的生机中痛苦着
在喧嚣的尘世中孤独着
把冰冷的思念藏在阳光里
把余生的希望放在秋风里
默默地付出，与世无争

无法回头

长夜漫漫，为了驱寒
我烧掉了所有柴火
终于忍不住
点燃了过去的一切
荣辱、尊严和不堪
然后取暖
我知道自己除了躯壳
已一无所有
再也无法回头
天亮以后
无论阴晴
只有拼命往前走
赶上另一个季节

蓄谋已久

一杯茶，喝着喝着便淡了
一些事，想着想着又忘了
一群人，走着走着就散了
看似漫不经心，实则蓄谋已久
忘不掉的过去，回不去的从前
一切改变，有许多理由
纵有无数选择
答案只有一个

总想与众不同
总是事与愿违
像季节轮回
重复昨天，重复自己
甚至重复别人
不一样的人生
演绎着千篇一律的故事
开始时不同凡响
结束时悄然无声
谁也无法例外

茶的苦涩，事的沧桑，人的聚散
本在情理之中
我们总是自作多情
在患得患失中
徒生许多烦恼

路过的皆是风景
遇到的皆是缘分
往后余生，莫叹岁月
世界不会改变
你播种什么
便收获什么

一念之差

在风中，风吹着你
在雨中，雨淋着你
心若悲苦，便是凄凉
心若欣喜，便是沐浴
天地之大，都在你心里
人一辈子，做无数事
实际上就两个字——活着
苦与乐，舍与得
天壤之别，也就是一念之差
心安了，每天都是好天气

学会简单

许多事情，开始不习惯
做着做着就习惯了
许多环境，开始不适应
处着处着就适应了
世界还是那样
只是我们变了
不是变得更聪明
而是变得更宽容
懂得该舍弃时舍弃
懂得该放下时放下
不再一意孤行
不再一厢情愿

所谓的假如，只是我们的借口
所谓的后悔，只是我们的谎言
我们枉费心机
编了一个个故事，看似圆满
到头来，不知主角是谁
生活其实很简单

想喝茶时喝茶
想喝酒时喝酒
用不着许多理由

原谅自己的平庸
管不了的事别管
想不开的事别想
人生苦短
别浪费在欲望的消耗上
得即是失，失也是得
过去的，别问值不值
现在的，别问该不该
冬天的飞雪
总会掩埋秋天的落叶
今天的所有
都会是明天的曾经
想法简单了
自然有阳光穿透进来，照亮你

我也是一只蚊子

我看见
蚊虫的翅膀和它扇起的风
吹灭了落日，星光暗淡
曾经的每一次遭遇都猝不及防
曾经的每一次争斗都惊心动魄
我的手上沾了血
却不知谁是胜利者
只有在筋疲力尽后
昏沉沉睡去
大地万籁俱寂
蚊虫的嗡嗡声
还在旷野回响
那个夏天我已经遗忘
那些蚊虫依旧生生不息
准备着下一场较量

旋转门

进了门，就是一个新世界
心甘情愿或无可奈何
忙于演不同的角色
全然不顾门外，是阴是晴
总想着
如何优雅上场
从不考虑，以怎样的方式离开

在后台卸完妆
没有了灯光的掩护
一切归于平淡
再也没人留意，也用不着困惑
穿什么衣服打扮自己

门旋转着，有人进，有人出
许多时候，我们身不由己
像是进了门
却又在恍惚间
随着别人出了门

与己无关

活着的时候
我可以提前选好墓地
写下墓志铭
甚至刻上墓碑
当生命终结
我的棺木
只有别人来抬
没有了灵魂的躯壳
只有任人摆布

重新开始

元旦，阳光不温不火
没有特别的新意
昨天想的许多事
今天大多没有发生
只是多了几个短信
几个不熟悉的号码
表达着同样的意愿
我知道这些细小的问候
温暖不了我的旅程
尽管如此，我还是重新背上行囊
去年没有走完的路
今年还要接着走

不去想着如何开始
因为一切已经开始
我们走的每一步
高高低低，皆是伏笔
我们过的每一天
平平常常，皆是序曲

夜过了，自然会有天亮
花开了，自然会有风来
天冷了，自然会有雪飘
每一段时光都不可或缺
或阴或晴，谁能被左右
生活不会枯萎
总有一场雨或一个人
不离不弃，在下一个路口等着
该有的遇见，一个都不会错过

我生而平凡，也没许下诺言
只是许多事，必须由我去完成
等到麦苗长高了
变成人们期待的那个颜色
我们会在那片田野
不见不散

不一样的风景

生活总有遗憾
人们想象中的完美
永远在彼岸

我们跨出的每一步
无论平坦，还是坎坷
可以回望，不可能重新来过
我们的每一次收获
无论是得到，还是失去
可以检视，不可能重新播种
现实中没有如果，只有结果

月缺月圆
才是真实的岁月
时阴时晴
才是正常的日子
生活是真诚的
我们付出了春，付出了秋
岁月给我们以繁华和淡泊

我们付出了汗水，付出了心血
岁月给我们以期望和梦想

记住该记住的
忘记该忘记的
下一段旅程，无论远近
自然会有不一样的风景

坐在墙角

坐在墙角，晒着太阳
感受时光，一点点爬过身体
走到墙的那边
在阴凉中
我一动不动
像一块老去的木头
慢慢地，长出青苔
等了一整个冬天
能有这样的回赠
也算不虚此行

终是陌路

沿着河边，走在上班的路上
路边的草丛，残雪时隐时现
不远的河面，游来两只鸭子
形影相随，悠闲自在
见到有人关注，有些得意扬扬
一会儿潜入水中
一会儿又在不远处冒出头来
我看着它们，它们也看着我
一个在岸上，一个在水里
我的闲适鸭子无从体会
鸭子的快乐我也无法感受

前面有座桥
桥上熙熙攘攘
行人各奔东西
每个人都匆匆忙忙
旁若无人，走着自己的路
看似近在咫尺
又仿佛远在天涯

相遇即别离
也许曾在一条船上
也许还在同一屋檐下
时过境迁
我们习惯了天气的或阴或晴
或冷或暖，不再彼此牵挂
渐行渐远
回到来时的状态

相依为命

理想和现实
就像欢喜冤家
斗了一辈子
谁也赢不了谁
谁也离不开谁
其实，我们才是争吵的元凶
我们总是自以为是
自编自导了许多人生的悲喜剧
骗了许多人，也骗了自己
我们是虚伪的
现实回不去，理想来不了
我们被夹在中间，进退两难
今天的现实是昨天的理想
今天的理想是明天的现实
往后的日子
我要与自己和解
不再故步自封
也不再好高骛远
放开现实和理想的束缚

让理想在前，现实在后
搀扶着一同前行
前面走得快了
后面拽一拽
后面走得慢了
前面拉一拉
相依为命，不离不弃
互相欣赏着
再远的路
都会走下去

信　念

风，从远方来
吹过你，吹过我
岁月，从远古来
走过春，走过秋
无论是在南方还是北方
总有一种思念、一种力量
披荆斩棘
跨越时空的万水千山
让我们紧紧相连

自己的轨迹

谁都有自己的生活
感觉淡了，就加点盐
感觉苦了，就加点糖
感觉无味，就加点辣
只要自己喜欢，用不着顾及别人的口味

春天花开，秋天叶落
每个生命都有自己的轨迹
用不着羡慕，也用不着嫉妒
对生活，每个人都有自己的理解
没有对错，只有深浅
我们总是习惯
用别人的眼光看自己
用别人的评判要求自己
结果是身心疲惫

别人喜欢的
我们不一定接受
我们喜欢的

别人不一定苟同
总想得到别人的认可
最终只会丧失自己

不管再怎么努力
我们永远成不了别人
只能成为自己
为自己而活
快乐是自己的
痛苦也是自己的
不炫耀，不埋怨
是对自己负责

走自己的路，过自己的日子
不再仰望别人，各行其道
尊重自己，也是对别人的尊重
能温暖自己，才有能力温暖别人
你不好，世界总会有缺憾
你好了，世界才会更美好

阴天的痛

过去，永远无法抹去
它已长在我们的身上
成为身体的一部分
平常，我们也许感觉不到
但一到阴天
它就会隐隐作痛

生命是一艘船

日月星辰，高山大川
世界上所有的事物都会改变
沧海会变成桑田
所谓永恒，只是我们一厢情愿
我们得到的所有东西，都会失去
成功、至爱、尊严，甚至生命

人生短暂
在历史的长河中，只是瞬间
人太渺小，如同尘埃
许多事情，我们不得不承受
如痛苦、不幸、死亡
许多事实，我们不得不接受
如别离、寂寞、折磨

每一次日落，每一次花谢
每一阵寒风，每一场秋雨
我们都会伤感

生命是一艘船
从诞生时开始前行
我们无法改变结果
只能改变进程和方向

万物生长，从不需要理由
只要活着，总会经历许多事
顺和不顺，幸和不幸
都难以逃避
只把无常当平常
心宽了，事就小了

宇宙浩瀚
每个人都是唯一，无可替代
既然来过，总要留下什么
如流星划过天际
如草木滋润四季

跳动的心

（一）

点燃蜡烛

照亮一方世界

那跳动的

不是火苗，是你的心

（二）

大雨倾盆

那是上苍的汗水

心如雷电

只为搏出一个艳阳天

（三）

以虔诚的心态

点燃一炷香

祈祷的，也许不是菩萨的保佑

内心的安然，才是人生最好的庇护

睡着，醒着

夜幕降临
有人睡着，有人醒着
睡着的人在做梦
醒着的人在想事

梦总是昼伏夜出，无所顾忌
为了一场秋雨、一段情缘、一句承诺
演绎无数个古怪的故事
这些故事无关爱情、尊严，也无关自由
有的只是邂逅
我们总是一往情深
偷偷为之哭泣，又偷偷为之微笑
理不清的恩恩怨怨
因梦而来，又为梦而去
梦总是故作神秘，深藏不露
所有的情节
没有开头，也没有结尾
却让你深陷其中，欲罢不能
引出无限遐想

梦总是慷慨
慷慨得毫无原则和底线
已来的未来的，已走的未走的
已想的未想的，已做的未做的
都不期而遇
分不清真真假假
一切
若即若离，时隐时现
梦给了我们所有
但我们好像什么也没有
片刻的欢愉和痛楚
既在梦中得到，又在梦中失去

因为天黑，彼此看不清楚
所有的伪装也就失去了意义
想起那些人，近在咫尺又遥不可及
想起那些事，人海茫茫又孤立无援
曾经的含辛茹苦
温暖而又苍凉，生动而又冷酷
我们总在纠结
为过去耿耿于怀
为现在战战兢兢

为将来忧心忡忡
渴望成长又害怕世故
沉湎热闹又害怕孤独
期待改变又害怕失去
在蠢蠢欲动中惴惴不安
我们总是虚荣，想在人前证明自己
或强作欢颜，或自命不凡，或故作清高
认真而苟且着，争取而妥协着，真诚而虚伪着
在举步维艰中，固守着那脆弱的尊严
我们总是患得患失
时而像暗夜般迟钝
时而像闪电般尖锐
一边释放着，一边压抑着
半是真情，半是假意
朝朝暮暮地付出，年年岁岁地相守
只为了给那些是是非非
一个看似完美的答案
我们总是倔强而懦弱
或身不由己，或心甘情愿
不停地编织着梦

许多时候，我们总是把梦当成现实

又把现实当成梦，甚至忘了
我是谁，谁是我
因为入梦太深，总回不了现实
因为想法太多，总进不了梦乡
在半梦半醒间，苦苦挣扎
到头来，还是一样的结果
我们想要的，与我们擦肩而过
那些梦着的，总是无人认领
那些想着的，总是无人回应

流星划过

阳光下
少有人停下来
打量自己的影子

黑夜里
总有许多人
等待进入梦中

在世人眼里
海一样深的坎
都将被时光淹没

只有生命终结
流星划过天际
我才知道，哪一个是自己

唤醒时光

天亮了，我看到了光明
光明后面，有多少黑暗在沉默
天暗了，我看到了灯光
灯光后面，有多少星星在沉睡
我看到的，只是宇宙一角
更大的世界，被我的眼睛屏蔽
我只是一束微光
连自己也温暖不了
只有心存美好
借助彼此的力量
大家相互照亮
才能光芒万丈
唤醒更远的天空
不再被遗忘

活在网中

（一）

城市像一张网
日落西下
人们从四面八方踏上归途
填满网的每个角落
天黑了
偶尔有一些空隙
泛着温暖的光
在时明时暗里
等待未归的人
在暗夜里自由自在游动的
还有我那些莫名的情绪

（二）

时而顺流而下
时而逆流而上
我像鱼一样
游来游去
在昨天的纯真

还有今天的困惑里
起起伏伏
想着有一天
如水一般
穿网而过

孤独是我的外衣

在熙熙攘攘的街头
找不到方向
孤独是我的外衣
许多时候
我们身在此地，心在他乡

乘一叶孤舟
漂泊于茫茫海上
纵有万顷波涛
也难有一滴水，为你解渴

补　偿

你梦过的
也许会在现实中出现
不在你的生活里
就在别人的世界里
不是在现在
就是在将来
主角可能不同
情景总会相似
在一个时空错过的
总会在另一个时空
以你想不到的方式予以补偿

不再回来

年轻的时候，总是狂放不羁
像街上的阳光，自信坦荡，目空一切
迫使别人在路边的树丛中，窥视你的风采

夜幕降临，一切归于黑暗
青春的颜色，也会荡然无存

海风吹过的地方
总会有咸腥的味道
你用什么证明，曾经来过

所有的呐喊、挣扎
在夜色无边的潮水里
不会留下丝毫涟漪
开始炫耀的时候，那些自以为是
正与我们渐行渐远，不再回来

守住平常

成为优秀，固然很难
成为平常，或许更难
世上有太多诱惑
人们有太多欲望
走着走着，就迷失了自己

世界虽大
日月都只有一个
山川无数
被人记住的
又有多少

做个平常人
饿了吃，困了睡
日出而作，日落而息
看花开花落，云卷云舒
是否就是虚度光阴

每个人都是孤独的

走在路上，大街便热闹了
每滴水都是渺小的
融在一起，江河便澎湃了

守住平常
如同一棵树、一棵草
不奢望成为森林和草原
也自有一方天地，无限生机

存在的价值

有些事
只能一个人扛
别人无法帮忙
有些路
只有一个人走
别人无法陪伴
有些痛
只好一个人受
别人无法理解
你存在的价值
也许就在这里

单行道

人生都是单行道
只有去路，没有归途
谁都不能逆行

每个人都有自己的旅程
结伴而行，只是暂时
踽踽独行，才是常态

除了岁月
没人能陪我们走到最后
世界很精彩
孤独的只是我们
和那条路一样

都在走的路

（一）

向前的路，向后的路
都是一条路
向上的路，向下的路
也是一条路

（二）

雪，一落到水面
立刻现了原形
我们，一进入人群
立刻戴上面具
孰热，孰凉
天意，还是人情

（三）

人生漫长
免不了会生病
能够医治的妙药
只有过去，或者未来

（四）

总是在茫茫人海里
独来独往，其实
我原本就是
原始森林中的那个野人
没人发现我的存在

在熟悉的世界里

记不清多少次
从一条路走向另一条路
固守着同样的节奏
记不清多少年
用同一种方式
连接每个早晨和黄昏
习惯了这样活着
从不去费心思考
看看天，看看远方
却从未想过改变
就这样
沉浸在熟悉的世界里

留下来的，才属于自己

雪，每年都在下
留在田里的，能有多少
风，每天都在吹
挂在树上的，能有多少
事，每刻都在发生
记在心里的，能有多少

明天，或明天的明天
雪依旧会下，风依旧会吹
看似熟悉，却不会是曾经的模样
我们还在，虽然正在老去
但依然会有风花雪月扑面而来

不用去感慨
属于过去的越来越多
留给未来的越来越少
逝者如斯，能忘记的都会忘记
最后留下来的，才属于自己
也因为太少，才显得珍贵

回头看看，那些
和我们一同出发的人
有多少已中途离场
我们是幸运的
岁月把我们留下来
从不言语什么
但我们要明白活着的意义
往后余生，当竭尽所能
让每一段时光掷地有声
发出金属般的回响

第三辑
情感篇

成为它的一分子

喜欢山，就成为一粒石子
喜欢河，就成为一滴水
喜欢田野，就成为一棵草
喜欢天空，就成为一朵云
爱它，就成为它的一分子
一起看雨后的彩虹
一起等冬日的暖阳
所谓天长地久
或是终身相守
或是曾经拥有

把那份美好留在心底

下雪了，走在路上
有一种心痛的感觉
曾经的清净、安宁
因为我的路过
留下了脚印
我依然自作多情
总想融入，总想拥有，又总在伤害
雪对大地的深情，我不会懂
我的世界，雪也只是偶尔路过
把那份美好留在心底
默默地祈祷
在或深或浅的时光里
静静地凝望、倾听
或远或近，彼此不打扰
是否，也不枉遇见

飞翔的样子

总有一些情绪，莫名而来
百般纠结，又莫名而去
总有一些人，悄悄前来
几多牵挂，又悄悄离去
总有一些事，已经有了结果
还在想象，能否回到开始
总在放纵自己的思想
任凭天马行空，像鸟儿一样

我们已走了太久
再也回不到从前
错的已错，过的已过
是非荣辱皆成空
放下包袱，还有那些眷恋和不舍
和往事告别
蓝天白云下
你轻盈的身体和空出的双手
依然会展现飞翔的样子

隔着茫茫人海

如果想回来
先打一个电话
家里没有现成的饭菜
我需要花时间准备

我已老去
不能再为你提供什么
想做的事，对你或许也是多余
你有你的生活和梦想

我们之间
没有隔着山，也没有隔着水
却隔着茫茫人海
你看不到我，我也看不到你

这个冬天有点冷
我把残留的雪，深深地埋在土里
不去干扰你
太阳升起，温暖你，也温暖我

心似渔网

世界也许不大
到了迟暮之年，老眼昏花
再也走不出脚下的方寸之地
花已枯萎，水在流逝
再亲的人也会离去
属于自己的，只有孤独
像影子一样，与我相依为命
日里夜里，为我遮风挡雨
我哭它也哭，我笑它也笑
不离也不弃，心似渔网
许多话都在眼里
但双眼已流不出泪水
唯有一壶清茶、半杯浊酒
在夕阳下、微风里
暗香浮动，相顾无言

耐不住寂寞

把自己变成一朵花
藏在绚烂的春天里
把自己变成一片雪
藏在洁白的冬天里
把自己变成一朵云
藏在无垠的蓝天里
我们太过渺小
没有多少人会在意
被人关注
只是我们耐不住寂寞
过于炫耀
怕被忘记，终归被忘记
岁月无言
却无处不在，无时不在

阳台里的世界

闲暇时间，种些花，种些草
经常换土、施肥、浇水，乐此不疲
日子长了，便有了感情和寄托
陪它们一起成长，又一起枯萎
和它们一起喜，一起悲
外面的世界
春来了又去，花开了又谢
那是自然的事，与己无关
缺了爱的投入
芸芸众生，终是陌路
属于我的，只是那阳台一角
一花一草
才是我的世界

因为爱你

总是这样步履匆匆
从早到晚，从春到冬
顾不及看身边的风景
所有的时间都在路上
路却没有尽头
所有的精力都在脚下
却没有留下足迹

总是奋力向前
希望走到别人前头
到了地方才发现
那里早已行人如织
一切只有从头再来

从不问为什么
就这样执着
一身疲惫，总有许多理由
一生无怨，只是因为爱你

铺路石

风吹，雨淋
默默忍受着

冬冷，夏炎
静静感觉着

红肥，绿瘦
淡淡品味着

不怕误解，也不去解释
就这样执着

千万年的修炼
只为了，等你走过

思念不会枯萎

天空虽大，放不下我的思念
我只能把它深深地藏在心底
在那里，没有风也没有雨
只有满腔热血

春天到了，该开的花都在绽放
再说自己的痛苦，显得不合时宜
只能让它随着融化的雪水
默默地渗入土壤

时过境迁
人们才会去怀念
这个季节，大地生机盎然
但谁会留到最后

能够被人牵挂是幸福的
痛苦莫过于
在寂寞的时候
不知道该想念谁

命中注定

没有无缘无故的相逢
所有的邂逅
早晨的霞光，黄昏的余晖
春天的风，夏天的雨
路上的每个人
看似漫不经心
实则命中注定
你的每一次伤感、每一滴眼泪
都是因念而生
只要想过
那些人，那些事
总会不期而至
穿越星辰大海，向你而来
不是在白天，就是在梦里

阳光里的尘埃

前面是窗
后面是门
在这狭小的空间
思考外面的世界

阳光从窗口倾泻
我看见无数尘埃
自由地舞蹈
或许，它们早就在这里
只是没人注意
就像我一样

城市越来越大
属于我的空间却越来越小
习惯了奔波和匆忙
不敢有片刻停留
总怕失去什么
就像现在
呆呆地站在窗前

什么都不想、不做
只是看着，该有多好

窗外是树
树的后面是房子
房子的后面
是无穷的天际
再远的地方
是否有人像我一样
隔空相望

遗憾才是真相

穿着漂亮的衣裳
总是小心翼翼
唯恐弄脏
沉湎于幻想
害怕风吹雨淋
所以总是受伤
花开得惊艳
花谢得落寞
精彩与无奈
有多少是真相
完美，只是表象
遗憾，才是最真实的模样

慰藉

寂寞的时候
渴望有人安慰
走在大街上
像往常一样
不必过分夸张
总有一些目光
有意无意
落在身上
抚平忧伤

我是你的影子

我是你的影子
从春到夏，从秋到冬
你走我也走，不离不弃

我是你的影子
从花开到花谢，从日出到日落
你瘦我也瘦，无怨无悔

只在你的空间存在
阳光下跟着你，暗夜中依赖你
习惯了爱恨在一起，冷暖在一起

不去想永远有多远
曾经的，未来的
千山万水走过，你总在我的视野里

你在，故我在
我是你的影子

向往光明

（一）

太阳，是白天的眼睛
月亮，是黑夜的眼睛
阴晴不定的日子
你是我的眼睛

（二）

残雪，在背阴处
向往光明
可我知道
愿望实现的代价

醉了路人，醒了流水

你的月亮，在天上
我的月亮，在水里

曾经
你来过，我爱过
似今晚

举杯邀月
向那些过往致敬
醉的是路人，醒的是流水

回到岸上

曾经是树上的叶子
无奈被风吹落
在河面起起伏伏
我知道自己
永远不可能成为水的一分子
所以回到岸上
一直是我的梦想
哪怕变成烂泥
也要埋到树旁

海市蜃楼

水是蓝色的
天是蓝色的
所谓水天一色
只在人们的眼里
无论是此岸，还是彼岸
我是我，你还是你
本来就属于不同的世界
曾经的相互依偎
还有那些诺言
都是海市蜃楼
没有永久的相遇
缘分尽了
你去你的方向
我回我的归途

水无尽头

蓝天，白云
倒映在河里
哪里是真实的存在
曾经爱过恨过
如今伤痕累累
随波逐流
在相遇的日子品尝孤独
在寂寞的时候回忆邂逅
希望和失落，总是形影相随
河有归处，水无尽头

窗外的树

你在窗外，我在屋里
就这样隔窗相望，从没留意
那些枝条何时绿，又何时黄
你总是默默地守着窗
在每个季节变换不同的颜色
使我的世界不再孤独和单调
冬天来了，叶子落了
你一如既往
守护着我的视野和你脚下的土地
从容不迫，我知道自己
没有那么高大、坚韧，成不了一棵树
以树的形象和你站在一起
只愿自己，是一缕阳光
像叶子一样，长在你的枝条上
是一片雪花，有洁白的衣裳
遮住你疲惫、沧桑的容颜
是一只飞鸟，栖息在你的枝头
风里雨里，为你歌唱

灯已经亮了

夜幕还没降临
灯已经亮了
告诉我们，天要黑了

每次离家
你总是陪我到那个路口
绿灯亮时
我往前走，你往回走

没有了灯光
长夜漫漫，梦醒何处
长路迢迢，哪是尽头

属于我的那盏灯
始终在我的身后
照亮我孤独的背影

最后一场雪

二月底，在邯郸这个地方
这或许是最后一场雪
街上，行人稀少
雪花落在身上，悄无声息
谁知晓，有心还是无意
总在犹豫，以怎样的姿态
告别这个季节
投入下一段时光
其实，再多的纠结也是枉然
正如这场雪，该来时总会来
晚些或早些，都无需理由
不会刻意选择是白天还是夜里
也如这场雪，无论落在哪里
该化时总会化，不会留恋

赴 约

从一个城市到另一个城市
赴一场约会
天下着雨
淋湿了道路

我们都是赶路人
在同一时间赶到同一个地方
一杯热茶，一壶淡酒
彼此问候
说说天气和风景
喘口气，歇歇脚
也是一种缘分

我们经过许多驿站
见自己想见的人
说自己想说的话
不用伪装，不用计较
无拘无束地坐着
该是怎样的轻松和奢侈

人生在世
我们总在不停地赴约
与岁月和梦想
与远方和自然
有时不得不去
更多时候，是逢场作戏
在日复一日中
淡漠了真情
忘了最重要的那场
与自己的约会

归 处

在春暖花开的日子
来到海边，那沙滩上的贝壳
是你留下的残句
还是你住的房子
风是咸的，水是凉的
却有温暖的感觉
从脚底弥漫全身
莫名的冲动如潮水一般
无休止地拍打着堤岸
水天一色
情归何处
远处，是大海
再远处，是你

冬至已至

冬至已至
最漫长的黑夜已经过去
最冷的天气还没到来
厚厚的外套裹住了身体
却裹不住整个季节

总在纠结，总在思考
迷失在自己的世界里
纵是阳光普照
也觉得不够温柔

出去走走吧
看看田野
听听风声雨声
全身心地融入
像草木一样
自由地呼吸

出去走走吧

到大街和小巷
闻闻烟火味
听听吆喝声
人多的地方自然热闹
也不会寂寞

走累了，就找个避风的地方
靠在墙上，晒个太阳
困了就闭上眼
想着大雪降临
笼盖四野，像阳光一样
那种宁静和浪漫
该是怎样的从容和淡定

境由心造
心热了，你伸出的手掌
能融化一切寒冷
你的微笑，能温暖整个冬天

独自诉说

世界很大，我想要的
只是一滴水、一抔土和一缕阳光
种下四季，静待花开
种下念想，长成期待的模样
种下未来，遇见更好的自己
如果这些过于奢侈
就给我一只杯子吧
有了杯子就能够知道
哪些属于自己
否则，纵是大江大海
也与我无关，许多时候
只有独处时
我才敢摆出这些心事
说给风听，说给雨听

当我老了

一些事，时不时想着
却总理不出缘由
一些人，总觉得面熟
却想不起姓名
岁月流逝，曾经的刻骨铭心
不经意间，已是风轻云淡
我们已走得太远
路过无数山无数水
繁华阅尽，却带不走一草一木
相处太久
可你最初的模样
却总想不起来
忘记了一年四季
忘记了一日三餐
忘记了身在何处
甚至忘记了，爱是怎样的感觉
只知道，你是谁

痴心不改

被风吹打，依然在雨后
忘情地绽放
被春遗忘，依然在秋天
默默地生长
被水冲走，依然在对岸
隔江相望
被我错过，依然在梦里
恣意徜徉
顺道而行，不企求改变什么
逢水涉水，遇山爬山
许多的曾经
都会在未来的某个路口，等你
也许容颜更改，但痴心依旧
别再迷惘，用自己喜欢的方式
善待自己的过往
也别纠结所谓的意义
身后，风雨已过
眼前，阳光会来

曾经的许多

曾经的许多
已变成错过
走了很远
依旧两手空空
春暖花开
树还是那棵树
叶子却不再是那片叶子
季节轮回
不知道，为谁绿，为谁黄
走在街上，总是漫不经心
遇到的每件事、每个人
也许一辈子只有一次
谁去在意和挽留
河水从不选择方向
只向低流
最终，奔向大海

爱是我们的软肋

我发现自己变了
变得多愁善感
偶尔的一个短视频、一段小文章
或一句话、一个眼神
都禁不住热泪盈眶
甚至泪流满面
我知道自己老了
老得像一块石头
一遇到风雨就化了
曾经的坚强
除了爱和恨的泪水
什么也没剩下

年壮的时候
爱是铠甲，是刀剑
我们总是一意孤行
拿着它四处征伐
呵护了许多人
也伤害了许多人

从来不在乎什么
直至老了才懂得
爱也是软肋
是我们存在的理由
是生命的起点和归宿

把过去的留在过去

年过完了
又要往外走
习惯了就这样漂泊
说舍或不舍
也许太过矫情
今天，或悲或喜
都会像昨天一样
变成曾经的故事
我们无法铭记每一段岁月
就心平气和，别去打扰
把过去的留在过去
未来自然会来，也无须多想
爱在当下
该痛苦时痛苦
该快乐时快乐
不管结果怎样

许多事情，一旦错过
就不再遇见，更别谈拥有

春天的码头

如果是春天
就像花儿一样
尽情绽放
如果是冬天
就像雪花一样
尽情飘洒
不要去刻意计较
故乡或他乡
无论时光怎样流逝
有思念在，只要你愿意
眼前的一草一木
都是你喜欢的模样

背　影

走在路上
前面空无一人
有人走在后面
我感觉到她的存在
而她只看到，我的背影
所有的邂逅，熟悉而陌生
风吹斜了细雨，雨淋湿了花草
谁比谁更虔诚、更痴情
山水相依，春花秋月
许多风景，慰藉了我的旅程
我的思念，又寂寞了谁的岁月

曾经的家园

没事的时候
经常仰望天空
每一片蓝天、每一朵白云
都似曾相识，亲切而生动
我注视天空
天空也注视着我
我走到哪，它跟到哪
只是始终不明白
我在想什么
其实谁也不知道
那里，曾经是我的家园

不辞而别

如果你病了
请你告诉我，我不会看病
但可以帮你端杯水，陪你闲聊
度过一段难挨的日子
如果你走了，请别通知我
我不知道，会一直觉得你还在
从不想起，也从没忘记
不辞而别，悄无声息
这样也挺好

岁月总在告别
冬告别秋，阴告别晴
感伤和感动
也就是一阵风的时间
我们也总在告别
告别往事，告别故人，告别梦想
唯有生死，是最漫长的告别

旧的结束，新的开始

总在悄无声息中进行
如万物生长
我们竭尽全力
留不住一条不归的河流
留不住一朵枯萎的花
留不住一个远去的人
那就默默地祝福吧
不言过往，不问归期
只留下期待
也许这才是告别的意义

不再是彼此

我在河的这边
你在河的那边
我往东走，你往西去
因为彼此欣赏
我们过了桥后
你往东去，我往西走
我们彼此接纳
为了对方而改变自己
只是以后
你不再是你
我也不再是我
河依然是那条河

爱的样子

你说，爱情是什么模样
是阳光，是月亮
是雨打芭蕉、雪落水里、风行林中
留下的回响
多少次，穿越千山万水隔空相望
多少回，风里雨里你伸出的手掌
从白天到夜晚，从南方到北方
多少人在路上，为了爱而流浪
说什么鸟语花香、酒入愁肠
都是一时的念想
一句话，一个眼神
胜过所有想象
不用归故乡，不用去远方
爱一直就在身旁
或悲或喜，从来就是你的模样

夜只是个背景

时间，在黑白之间
世界，在似是而非之间
人生，在有意无意之间
既然有了开始，终会有结果
你的理由就是最好的解释
无所谓对错
夜只是个背景
半梦半醒时
你的每一次呼吸
或悄无声息
或惊天动地
总会有回响
此梦已了，彼梦又来
夜不再荒芜
那些陈年旧事
重新聚集
不再被冷落
也不再摸黑前行
灰色正在淡去

一点点长出斑斓的颜色
狂野着，自由着
无边无际的诱惑
弥漫在每一个路口
等待着明天清晨
和你一起，再次出发

太阳下山

失去了白天
得到了夜晚
太阳下山了
我们即将离开
来送别的
皆是过往
谁又能看见
自己的背影

在树下等你

曾经是同一棵树上的叶子
秋风下，各奔东西
说好的在树下等你
怎奈身不由己
在最美好的季节
经脉相连，互相掩映和陪伴
也不枉此生，也许来年
你还会是一片叶子，请别忘了
你头顶的那朵白云，树下的那棵小草
或是缠绵在枝条上的柳絮
那就是我

诗和远方

邯郸，这座城市
等了我三千年
我只待了三年
这是我的幸运
也是我的无奈
你像一位圣者
见证了我的
正直、善良和无私
也包容了我的
怯懦、虚荣和无知
我只是一个过客
偶尔在这里落脚
你却以宽广仁慈的胸怀接纳我
给了我一段灿烂的时光
使我平淡的日子
变得光鲜亮丽，有滋有味
在陌生的地方
有了家的温暖和向往
我将会离开

但永远不会忘记
这里的一草一木
听到的每一句问候
看到的每一个微笑
我把足迹留下
我把祝福留下
只带走思念和牵挂
从今以后，这里
就是我的诗和远方

第一场雪

曾经约定
和你一起看雪
可今年的第一场雪
来得有点匆忙
零零碎碎的
刚到地面就化了
来不及回眸，已成往事
总觉得有些失落
那些想象中的惊喜
漫天飞舞、银装素裹都没有出现
现实远没想象中美好
生活总是按自己的方式前进

人生的温柔与温情
不只在一路风景里
也在我们翘首以待中
因为有遗憾
所以我们的期盼
更值得珍惜

我不知道明天
将以怎样的方式到来
我会在每个路口安营扎寨
为冬天的日子和下一场雪
准备一个安放的空间
静等你来

不知不觉

不知不觉，又想起了你
于是我踏上旅途
这条路，不知走了多少遍
有时是梦里，有时是白天
山还是那些山，水还是那些水
只是今天，风雨交加
走着走着，路的踪迹消失了
我打开怀中的信封
没有地址，也没注明方向
只有树叶一片，半青半黄
带着一丝清香
我只有以叶为舟，随风飘荡
想象着雨后的田野
在春天，或是在秋季
你会路过那里，为我停留

无　奈

母亲八十多了
平时好喝酒
往年的冬天
总是这样
一瓶黄酒倒两碗
一碗少些，一碗多些
母亲一碗，我一碗
说着家乡话
谈着陈年旧事
如今，母亲躺在病床上
靠鼻饲维持营养
原先的日子
再也回不去了

隔海相望

梦想和现实
总是背道而驰
一个在此岸，另一个在彼岸
隔海相望

日出月落
看似默契，更多是无奈
在黑暗中睡去
又在黑暗中醒来
没有你的问候
早晨的阳光也不再鲜艳

天无风也无雨
少了担心和害怕
少了期盼和挂念
风平浪静，靠什么
驰向你的港湾

在这如花的季节

春天已来
寻寻觅觅
仍然没有你的消息
我伫立在桥头
再深情的目光
也没有唤回半点涟漪
只能看着那河水
默默地流去

还没到花谢的时候
因为一场风雨，花谢了
还没到雪飘的时候
因为一段回忆，雪飘了
是不是冬天许下的诺言
原本就这么脆弱

人生是无尽的等待
悲欢离合
都在等待中开始

也在等待中结束
也许是刹那
也许是一生
时光会走远
我会停下来
在这如花的季节
静静地守候